ILUSTRADO POR
RICHARD
LAWNES

El Mapa del caballero

R.C. Sproul

B&H
ESPAÑOL

NASHVILLE, TN

EL MAPA DEL CABALLERO

B&H Publishing Group
Nashville, TN 37234

Traducción al español: Ministerios Ligonier
Dirección creativa: Dirk Naves y José Reyes
Portada y diseño interior: Metaleap Creative
Ilustraciones: Richard Lawnes
Traducción diseño de portada: B&H Español

Director editorial: Giancarlo Montemayor
Editor de proyectos: Joel Rosario
Coordinadora de proyectos: Cristina O'Shee

Clasificación Decimal Dewey: C220.1
Clasifíquese: BIBLIA-EVIDENCIAS, AUTORIDAD, ETC. /
BIBLIA-ESTUDIO Y ENSEÑANZA / BIBLIA-INSPIRACIÓN

ISBN:
978-1-0877-6854-0

Impreso en Shenzhen, China
1 2 3 4 5 * 25 24 23 22

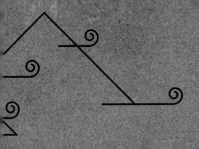

DEDICADO A DONOVAN,
REILLY Y CAMPBELL,
NIETOS QUE CONFÍO
SEGUIRÁN EL MAPA
QUE EL REY ENTREGÓ
AL CABALLERO.

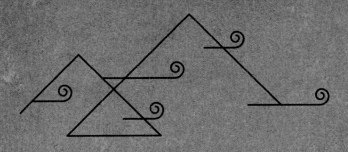

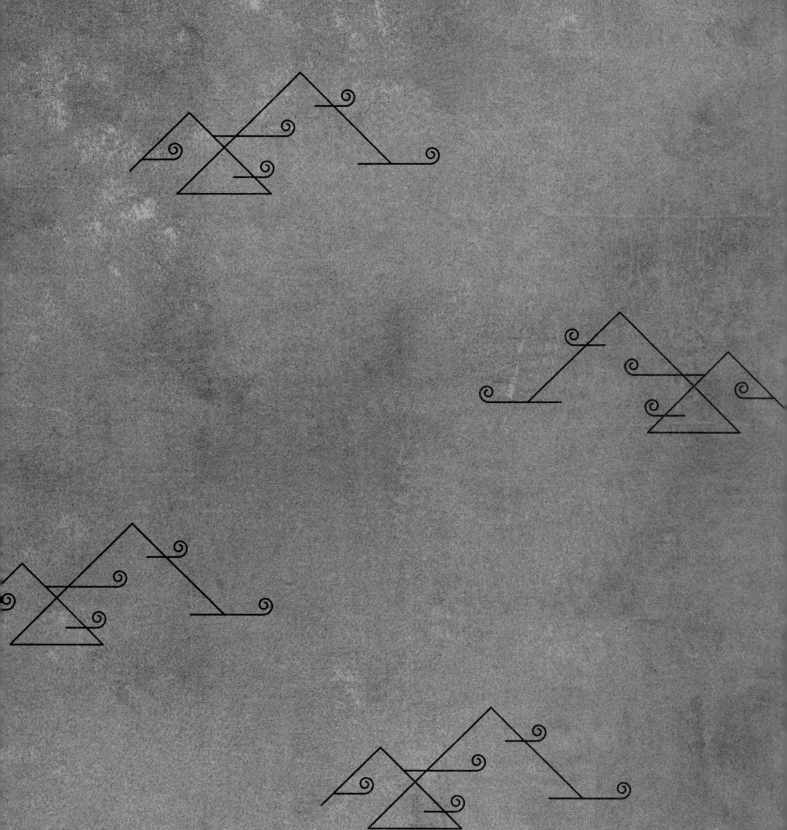

Carta a los padres

Desde la primera tentación, Satanás ha intentado sembrar dudas sobre la Palabra de Dios. Nuestros hijos y nietos necesitan estar preparados para esto, así como firmemente convencidos de que la Escritura es verdadera y fiable para conducirnos a Jesucristo. Escribí *El mapa del caballero* para ayudar incluso al niño más pequeño a comprender que la Biblia es completamente confiable, y que solo la Biblia puede mostrarnos al Salvador.

Basé esta historia en las parábolas de Jesús sobre la perla de gran valor. Ese tesoro solo se puede encontrar si confiamos en lo que Dios nos ha revelado. Hay muchas personas e ideas que afirman ser la perla de gran valor, pero solo Jesucristo es el tesoro dado por Dios. El camino hacia Él es angosto, pero no debemos desviarnos. Solo las palabras de Dios durarán para siempre y solo Él puede proveer el mapa a la vida eterna.

Antes de leer esta historia, por favor, lee con tus hijos la enseñanza de Cristo en Mateo 7:13-14; 13:45-46 y 24:35. Al final del libro encontrarás preguntas que pueden ayudarte a explorar los temas bíblicos de la historia. Oro para que el Señor te bendiga a ti y a tu familia en este esfuerzo por mantenerse firmes en la Palabra de Dios y seguir el camino de Cristo.

—R.C. SPROUL

«El reino de los cielos también es semejante a un mercader que busca perlas finas, y al encontrar una perla de gran valor, fue y vendió todo lo que tenía y la compró».

MATEO 13:45-46

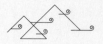

La familia Martínez hacía su devocional familiar todas las noches después de cenar. Leían la Biblia, cantaban himnos y oraban juntos.

Una noche, Daniel dijo:

—Papá, los niños del béisbol se ríen y se burlan de mí, y dicen que estamos pasados de moda. Dicen que perdemos el tiempo leyendo la Biblia; que solo es un libro viejo lleno de historias inventadas.

El señor Martínez sonrió y dijo:

—Hijo, ese problema ha existido por mucho, mucho tiempo. Muchas personas se han burlado de la Biblia diciendo que no es la Palabra de Dios, que está llena de mitos e historias inventadas sin sentido para nosotros hoy en día. Cuando tu abuelo llegue esta noche le puedes preguntar. Creo que él puede darte una respuesta.

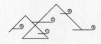

Daniel y el resto de los niños se preguntaban
qué diría el abuelo.

Esa noche, el abuelo apenas se había sentado en su sillón favorito
cuando Daniel repitió su pregunta:

—¿Crees que realmente podemos confiar en nuestra Biblia?

Los ojos del abuelo se llenaron de brillo.

—Pues resulta que tengo una historia sobre eso
—dijo—. ¿Les gustaría escucharla?

Los niños respondieron:

—¡Sí! ¡Abuelo, por favor, cuéntanos la historia!

Y el abuelo comenzó.

Hace muchos siglos, en una tierra lejana, vivía un caballero.

Su nombre era Carlos y era un caballero sin rey.

Sus vecinos contaban historias sobre el Gran Rey. Había rumores de que Él había creado la tierra y a las personas. Otros decían que no era cierto que había un rey o que era malvado. Todo lo que el caballero Carlos sabía era que nunca había visto al Rey.

Un día, Carlos recibió una carta. Estaba firmada por el Gran Rey.

«Caballero Carlos —decía la carta—, yo soy el Gran Rey. Te conozco desde hace muchos años. Encontrarás un mapa junto a esta carta que te guiará hasta la cima de la gran montaña que queda a varios días de camino. Si puedes seguir este mapa, tu recompensa será grande. Encontrarás un tesoro maravilloso: la perla de gran valor. Este tesoro durará para siempre; no se oxidará ni se desvanecerá. Bendiciones para ti en tu viaje».

El caballero Carlos estaba confundido. ¿Había venido esta carta realmente del Gran Rey? ¿Acaso existía? ¿Y por qué le escribiría a él? A pesar de estas preguntas, el alma del caballero se conmovió mientras leía la carta otra vez; quizás era cierto después de todo.

Su confusión aumentó cuando miró el mapa.

Era hermoso, pero también extraño. Carlos notó que tenía problemas para leerlo. El mensaje era majestuoso, pero no podía entender lo que significaba.

Pasaron los días y el caballero Carlos no podía sacar el mapa de su mente. Finalmente, emprendió un viaje hacia la gran montaña para encontrar la perla de gran valor.

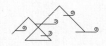

Durante el viaje, se encontró con un hombre que estaba sentado a la orilla del camino. Su nombre era Sr. Escéptico. Carlos se desmontó de su caballo y le pidió ayuda para entender el mapa.
El Sr. Escéptico rápidamente lo declaró inútil.

—¿Por qué lees este viejo pedazo de papel? —dijo—. Eso no te llevará a ninguna parte. Tienes que olvidarte de este mapa anticuado y buscar tu propio camino. Te aseguro que no encontrarás la perla de gran valor.
Solo estás perdiendo tu tiempo.

Sorprendido por las palabras del Sr. Escéptico, el caballero Carlos siguió adelante, pero pronto sintió más y más dudas que le hicieron aún más difícil entender el mapa. Como resultado, de repente se encontró en un pantano y pronto se dio cuenta que estaba completamente perdido.

Luego de varios días deambulando, se topó con una tienda que
se especializaba en vender ídolos. El caballero Carlos le contó
al fabricante de ídolos que estaba tratando de encontrar la perla
de gran valor, pero que tenía problemas para entender el mapa.
¿Podría este hombre ayudarlo?

El Sr. Fabricante de ídolos miró el mapa y dijo que no valía la pena.

—Hay muchas cosas que son tan buenas como la perla de gran
valor —dijo—. Además, son mucho más fáciles de encontrar.
Puedes tomar el camino que quieras y te aseguro que
encontrarás una de ellas.

El caballero Carlos se sintió animado. Se despidió del hombre
y se fue por el primer camino que encontró.

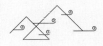

No había pasado mucho tiempo cuando el camino empezó a llenarse de espinos y zarzas. Pronto, el camino estaba completamente bloqueado y el caballero Carlos tuvo que dar marcha atrás. Cuando finalmente logró liberarse del enredo, Carlos y su caballo estaban sangrando y sin aliento.

Al regresar al pie de la montaña, se encontró con un hombre llamado Sr. Liberal. El caballero Carlos volvió a pedir ayuda para encontrar un camino que lo llevara a la cima de la montaña.

—Bueno, ciertamente no querrás tomar ese camino lleno de espinos, abrojos y zarzas —dijo—. Hay una forma mucho más fácil de llegar. Hay un camino maravilloso y muy ancho a la vuelta de la esquina. Está perfectamente pavimentado, la puerta de entrada es ancha y habrá suficiente espacio para ti y tu caballo.

El caballero Carlos dio las gracias al hombre y dirigió
su caballo a través de la puerta ancha y hacia el camino amplio.
Se sintió aliviado, pues no había espinos ni cardos que lo
enredaran. Tenía la esperanza de poder llegar a la cima de la
montaña ese mismo día. Pero después de haber recorrido
muchos kilómetros, él y su caballo comenzaron a cansarse.

De repente y sin aviso, el camino terminó en un precipicio. Si
su fiel caballo hubiera dado un paso más, se habrían lanzado a
la muerte. Alejándose del borde, Carlos se dio cuenta de que no
había manera de avanzar y que una vez más tendría que regresar
al pie de la montaña. Se preguntó si debía renunciar
a su búsqueda.

Mientras estaba sentado al pie de la montaña preguntándose lo que haría, le saludó un hombre que parecía llevar todas sus posesiones en una mochila grande. El caballero Carlos, como último recurso, le preguntó al viajero si sabía cómo encontrar la perla de gran valor.

El hombre, cuyo nombre era Sr. Peregrino, bajó su mochila.

—Carlos, yo puedo ayudarte —dijo—. Me ha enviado un hombre muy sabio. Él puede ayudarte a leer el mapa y a encontrar la perla de gran valor. Te llevaré con él.

Carlos estaba asombrado. Siguió al hombre hasta llegar a una cueva pequeña en la ladera de la montaña.

Adentro encontró a un anciano de rostro
amable, sentado en un banco reparando una lámpara.

—Bienvenido, caballero Carlos. Te estaba esperando
—dijo—. Te he traído hasta aquí porque entiendo
que estás buscando la perla de gran valor.

El caballero explicó que había recibido una carta
y un mapa de parte del Rey, pero nada había
resultado como él esperaba.

El Sr. Fabricante de lámparas sonrió y dijo:

—Si quieres encontrar la perla de gran valor
y llegar sano y salvo a la cima de la montaña,
entonces tienes que confiar en el mapa que te
dio el Gran Rey.
¿Sabes quién dibujó ese mapa?

El caballero no sabía.

—Fui yo.

Carlos se quedó sin palabras.

El Sr. Fabricante de lámparas dejó sus herramientas y dijo:

—En el principio, cuando el Gran Rey gobernaba a las primeras personas, Él las colocó en un hermoso parque. El Gran Rey les dio una restricción, había un lugar en el parque al que no podían ir, era una casa pequeña hecha de piedra. Había muchas cosas para disfrutar en el parque; pero esa casa en particular estaba prohibida.

Él les advirtió que, si desobedecían, morirían.

Una noche, un hombre entró al parque. Era el enemigo del Rey. Él dijo: «El Gran Rey les está ocultando algo. Hay cosas asombrosas en esa casa que Él no quiere que vean. Si la exploran, aprenderán muchas cosas y serán tan sabios como Él».

Las personas le creyeron al enemigo del Rey y, una noche, entraron silenciosamente en la casa. Pero el enemigo del Rey los había engañado. El Rey los encontró en la casa y los expulsó del parque. Fuera del parque, experimentaron gran sufrimiento y, algún día, morirían.

¿Ves Carlos? Todo su futuro dependía de si confiaban o no en el Rey. Esa confianza fue lo que atacó el enemigo del Rey.

Pero el Rey amaba a las personas, así que, después de cierto tiempo, envió a Su propio Hijo, el Príncipe, para rescatarlos del sufrimiento que habían soportado y para traerlos de regreso al parque. El Rey amaba profundamente al Príncipe y, justo antes de enviarlo a rescatar a las personas, el Rey le recordó cuán especial era su relación con Él.

Para cumplir Su misión, el Príncipe tuvo que viajar por un terrible
desierto sin comida ni agua. Allí estaba el enemigo del Rey.
Esperó hasta que el Príncipe tuviera mucha sed, y luego, usando
la estrategia que había funcionado muy bien en el parque, trató
de hacerle dudar del Rey y de Sus palabras. Le dijo al Príncipe:
«¿De verdad eres el Hijo del Rey? Si lo eres, entonces envía a
alguien para que te traiga agua».

El Príncipe respondió: «Debo ir por este camino solo y sin agua.
Obedecer a mi Padre es más importante para Mí
que saciar Mi sed. Déjame». Ese fue el final de la discusión;
el Príncipe prosiguió con Su misión de hacer posible que
Su pueblo regrese al parque, aunque a un gran costo para Él.

Así como hizo con las primeras personas, el enemigo del
Rey trató de tentar al Príncipe cuestionando las palabras del Rey.
Él dijo: «Si eres el Hijo del Rey», como si Él no fuera
realmente el Hijo del Rey.

El Sr. Fabricante de lámparas hizo una pausa y dijo:

—Ese mapa que tienes contiene las palabras del Gran Rey.
Lo dibujé siguiendo cada una de Sus instrucciones. Aunque las
primeras personas no escucharon las palabras del Rey, el
Príncipe escuchó a Su Padre sin importar lo que los demás
dijeran. Esa obediencia le costó mucho. Cuando encuentres la
perla de gran valor, estoy seguro de que descubrirás mucho más
sobre el Príncipe. Por ahora, debes sacar tu mapa, confiar en él
y seguirlo a donde sea que te guíe. Si sigues el mapa, te llevará
hasta la cima de la montaña y a la perla de gran valor.

El caballero Carlos le agradeció al anciano y prometió que
seguiría el mapa con cuidado.

Carlos abrió su alforja y sacó el mapa.

Ahora que comprendía que el mapa contenía las palabras del
Gran Rey, descubrió que sí podía entenderlo.
Donde antes solo había un mensaje confuso, ahora encontró
instrucciones directas. El camino era claro.

El mapa indicaba solo un camino hacia la
montaña. Era un camino angosto y tenía una
puerta estrecha. El caballero Carlos siguió el
mapa y buscó y encontró ese mismo camino.

El camino era empinado. Tanto Carlos como su caballo se
vieron obligados a subir la difícil pendiente. Sin embargo, el
caballero siguió el mapa paso a paso. No se desvió ni a la
derecha ni a la izquierda. Tal como lo había prometido el
anciano, el camino empinado lo llevó hasta la cima de la
montaña. Allí, al salir a un claro, vio algo extraordinario.

No era una perla. En cambio, vio a un hombre vestido con hermosas túnicas blancas, cuya voz era como el estruendo de muchas aguas.

El caballero Carlos estaba tan aterrorizado que cayó de rodillas y preguntó:

—¿Quién eres?

—Yo soy el Príncipe —respondió—, el Hijo del Gran Rey.

Carlos inclinó la cabeza y dijo:

—Recibí una carta de Tu Padre pidiéndome que viniera hasta aquí. Estoy buscando la perla de gran valor. ¿Me puedes ayudar?

El Príncipe dijo:

—Carlos, Mi Padre y Yo te dimos el mapa y te ayudamos para que pudieras leerlo. El mapa te guio hasta Mí. Yo soy la perla de gran valor.

—No entiendo —dijo el caballero—.

—Carlos, Mi Padre y Yo queremos que nos conozcas, por eso te hemos llamado. Ven conmigo y te llevaré con Mi Padre. Su reino está al otro lado de esta montaña. Allí morarás con Nosotros y Nosotros contigo.

El caballero Carlos se puso de pie tembloroso y el Príncipe lo tomó de la mano. Juntos se dirigieron hacia el reino al otro lado de la montaña.

El caballero vivió con gozo en el reino del Gran Rey, en la presencia del Rey y Su Hijo, y estuvo eternamente agradecido por el mapa que lo guio hasta ahí.

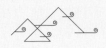

En ese momento, Daniel y los demás niños se quedaron con los ojos abiertos de asombro.

—¡Vaya, qué historia tan impresionante, abuelo!

—Sí —dijo el abuelo—. Por supuesto, el mapa del caballero representa la Biblia, la misma Biblia que ustedes leen todas las noches después de cenar. Habrá gente que les dirá que no confíen en ella y que usen otra cosa para guiar sus vidas. Pero si ustedes, como el caballero Carlos, desean encontrar el mayor tesoro de todo el mundo, deben aprender, como lo hizo él, a confiar en el mapa que Dios les ha dado. Ese mapa es la Biblia. Es el medio que Dios utiliza para llevarnos a Su Hijo, y pueden confiar en todo lo que dice.

Para los padres

Esperamos que tanto tú como tus hijos hayan disfrutado la lectura de *El mapa del caballero*. Las siguientes preguntas y pasajes de la Biblia pueden servir para guiar a tus hijos a entender con mayor profundidad las verdades bíblicas que se encuentran en este libro. Algunas preguntas y conceptos pueden resultar muy avanzados para los niños pequeños. En ese caso, considera releer la historia a medida que tus hijos crecen en su conocimiento de las cosas de Dios.

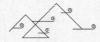

¿A quién representa el Gran Rey en la historia? El Rey representa a Dios.

El SEÑOR es Rey eternamente y para siempre (Sal 10:16a).

Porque Dios grande es el SEÑOR, y Rey grande sobre todos los dioses (Sal 95:3).

¿A quién representa el caballero Carlos? El caballero Carlos representa un hombre común, a quien Dios está llamando a Sí mismo.

Nadie puede venir a mí si no lo trae el Padre que me envió (Jn 6:44a).

El caballero Carlos iba en busca de la perla de gran valor. ¿Qué representa este tesoro? La perla de gran valor representa al Hijo de Dios, Jesucristo, y la vida que encontramos en Él.

El reino de los cielos también es semejante a un mercader que busca perlas finas, y al encontrar una perla de gran valor, fue y vendió todo lo que tenía y la compró (Mt 13:45-46).

El caballero Carlos tuvo que seguir el mapa para poder encontrar la perla de gran valor. ¿Qué representa el mapa del caballero? El mapa del caballero representa la Biblia, la única guía verdadera para la fe y la vida.

Lámpara es a mis pies tu palabra, y luz para mi camino (Sal 119:105).

Toda Escritura es inspirada por Dios y útil para enseñar, para reprender, para corregir, para instruir en justicia, a fin de que el hombre de Dios sea perfecto, equipado para toda buena obra (2 Tim 3:16-17).

Y les dijo: Esto es lo que yo os decía cuando todavía estaba con vosotros: que era necesario que se cumpliera todo lo que sobre mí está escrito en la ley de Moisés, en los profetas y en los salmos. Entonces les abrió la mente para que comprendieran las Escrituras (Lc 24:44-45).

El Sr. Escéptico, el Sr. Fabricante de ídolos y el Sr. Liberal negaron que el mapa del caballero fuera confiable y necesario. ¿Qué niega la gente en nuestros días? Mucha gente en la actualidad se niega a ver la Biblia como la verdad infalible de Dios. Algunos niegan la posibilidad de encontrar la verdad, otros niegan que Dios exista o que Él sea el único Dios, mientras que otros niegan que el Jesús de la Biblia sea el único camino hacia Dios.

En los últimos días vendrán burladores, con su sarcasmo, siguiendo sus propias pasiones (2 Pe 3:3).

Porque vendrá tiempo cuando no soportarán la sana doctrina, sino que, teniendo comezón de oídos, acumularán para sí maestros conforme a sus propios deseos; y apartarán sus oídos de la verdad, y se volverán a mitos (2 Tim 4:3-4).

¿A quién representa el Sr. Peregrino? El Sr. Peregrino representa un cristiano, alguien que ha recibido a Cristo como su Señor y Salvador.

Ya no soy yo el que vive, sino que Cristo vive en mí; y la vida que ahora vivo en la carne, la vivo por fe en el Hijo de Dios, el cual me amó y se entregó a sí mismo por mí (Gal 2:20).

Por haber seguido el mapa, el caballero Carlos llegó a conocer al Gran Rey y a Su hijo. ¿Cómo podemos conocer a Dios y a Su Hijo Jesús? Podemos conocer a Dios y a Su Hijo a través de la revelación que Dios hace de Sí mismo en Su Palabra, la Biblia.

Dios, habiendo hablado hace mucho tiempo, en muchas ocasiones y de muchas maneras a los padres por los profetas, en estos últimos días nos ha hablado por su Hijo, a quien constituyó heredero de todas las cosas, por medio de quien hizo también el universo (Heb 1:1-2).

Si confiesas con tu boca a Jesús por Señor, y crees en tu corazón que Dios le resucitó de entre los muertos, serás salvo (Rom 10:9).

Estas [señales] se han escrito para que creáis que Jesús es el Cristo, el Hijo de Dios; y para que, al creer, tengáis vida en su nombre (Jn 20:31).

¿A quién representa el Sr. Fabricante de lámparas en la cueva?

El Sr. Fabricante de lámparas en la cueva representa al Espíritu Santo.

Él indica el camino que conduce hacia el Hijo, Jesucristo, como el camino de la vida, y señala la Biblia como la guía confiable y la revelación autoritativa de Dios.

Cuando venga el Consolador, a quien Yo enviaré del Padre, es decir, el Espíritu de verdad que procede del Padre, Él dará testimonio de mí (Jn 15:26).

¿Qué verdad de la Biblia comunica la historia del Sr. Fabricante de lámparas? La historia del Sr. Fabricante de lámparas en la cueva nos habla acerca de nuestros primeros padres y cómo cayeron de su condición original en el huerto del Edén, así como también de la obra de Jesús al triunfar donde Adán y Eva fallaron, esto es, en creer la Palabra de Dios.

Y la serpiente era más astuta que cualquiera de los animales del campo que el SEÑOR Dios había hecho. Y dijo a la mujer: ¿Conque Dios os ha dicho: «No comeréis de ningún árbol del huerto»?. Y la mujer respondió a la serpiente: Del fruto de los árboles del huerto podemos comer; pero del fruto del árbol que está en medio del huerto, ha dicho Dios: «No comeréis de él, ni lo tocaréis, para que no muráis». Y la serpiente dijo a la mujer: Ciertamente no moriréis. Pues Dios sabe que el día que de él comáis, serán abiertos vuestros ojos y seréis como Dios, conociendo el bien y el mal. Cuando la mujer vio que el árbol era

bueno para comer, y que era agradable a los ojos, y que el árbol era deseable para alcanzar sabiduría, tomó de su fruto y comió; y dio también a su marido que estaba con ella, y él comió (Gn 3:1-6).

Entonces Jesús fue llevado por el Espíritu al desierto para ser tentado por el diablo. Y después de haber ayunado cuarenta días y cuarenta noches, entonces tuvo hambre. Y acercándose el tentador, le dijo: Si eres Hijo de Dios, di que estas piedras se conviertan en pan.
Pero Él respondiendo, dijo: Escrito está: «No solo de pan vivirá el hombre, sino de toda palabra que sale de la boca de Dios» (Mt 4:1-4).

¿Quién es el enemigo del Rey en la historia del Sr. Fabricante de lámparas? El enemigo del Rey es Satanás, el diablo.

Cuando [el diablo] habla mentira, habla de su propia naturaleza, porque es mentiroso y el padre de la mentira (Jn 8:44b).

¿A quién representa el Hijo del Gran Rey? El hijo del Gran Rey representa a Jesucristo, el Hijo de Dios.

Y he aquí, se oyó una voz de los cielos que decía: Este es mi Hijo amado en quien me he complacido (Mt 3:17).

El caballero Carlos tuvo problemas para leer el mapa en un principio, pero pudo entenderlo después de reunirse con el Sr. Fabricante de lámparas en la cueva. ¿Cómo puede la

gente entender la Biblia? Algunas partes de la Biblia pueden ser difíciles de entender, pero su mensaje central: la redención de los pecadores a través de la persona y obra de Jesucristo, se puede comprender con facilidad, y el Espíritu Santo guía a los cristianos hacia una mayor comprensión de la Biblia. Por otro lado, sin el Espíritu, la gente se niega a entender las enseñanzas de la Biblia porque no quieren tener nada que ver con Dios.

Pero el hombre natural no acepta las cosas del Espíritu de Dios, porque para él son necedad; y no las puede entender, porque se disciernen espiritualmente (1 Co 2:14).

El caballero Carlos procuró seguir el mapa, como también lo hizo el Hijo del Gran Rey. ¿Cómo podemos seguir el mapa de Dios, la Biblia? Podemos seguir la Biblia al leerla regularmente, al orar para que Dios nos ayude a entenderla y al escucharla cuando es predicada y enseñada cada semana en la iglesia. En última instancia, es Dios quien nos ayudará a seguir Su Palabra, y podemos tener la certeza de que Él cumplirá Sus promesas.

Respondió Jesús y les dijo: Esta es la obra de Dios: que creáis en el que Él ha enviado (Jn 6:29).

Pero cuando Él, el Espíritu de verdad, venga, os guiará a toda la verdad (Jn 16:13a).

Acerca del autor

El Dr. R.C. Sproul fue fundador de Ministerios Ligonier, pastor fundador de Saint Andrew's Chapel en Sanford, Florida, primer rector del Reformation Bible College y editor ejecutivo de la revista *Tabletalk*. Su programa de radio, *Renovando Tu Mente*, todavía se transmite diariamente en cientos de estaciones de radio por todo el mundo y a través de la Internet. Fue autor de más de cien libros, entre ellos: *La santidad de Dios, Elegidos por Dios y Todos somos teólogos*. Fue reconocido en todo el mundo por su defensa vehemente de la inerrancia de la Escritura y la necesidad de que el pueblo de Dios se mantenga con una convicción firme en Su Palabra.

Acerca del ilustrador

Richard Lawnes es un ilustrador y diseñador especializado en utilizar un enfoque tradicional. En la medida que trabaja con óleo sobre tabla o lienzo, crea mundos inspirados en pintores como Edward Hopper y J.M.W. Tornero. Basándose en una gran cantidad de investigación histórica y en un amor por el aire libre, Richard crea obras adornadas de manera única con un estilo natural y sutil.